LE

FLÉAU DE LA GUERRE

OU

LE MOT DE L'ÉNIGME

SOUVENIR DE 1870

POÉSIE CHRÉTIENNE

PAR M. L'ABBÉ GISCLARD

Ancien vicaire de Sainte-Elisabeth de Versailles,
Curé d'Egly (Seine-et-Oise).

VERSAILLES

BEAU, IMPRIMEUR-LIBRAIRE

RUE DE L'ORANGERIE, 36.

Janvier 1871

LE FLÉAU DE LA GUERRE

OU

LE MOT DE L'ÉNIGME

LE

FLÉAU DE LA GUERRE

OU

LE MOT DE L'ÉNIGME

SOUVENIR DE 1870

POÉSIE CHRÉTIENNE

PAR M. L'ABBÉ GISCLARD

Ancien vicaire de Sainte-Elisabeth de Versailles,
Curé d'Egly (Seine-et-Oise).

VERSAILLES

BEAU, IMPRIMEUR-LIBRAIRE

RUE DE L'ORANGERIE, 36.

Janvier 1871

INVOCATION A LA POÉSIE

SERVANT DE PRÉFACE.

Loin de moi! loin de moi! ô muse mercenaire,
Muse esclave du vice et du crime puissant,
Toi qui es des tyrans la lâche tributaire
Et le cruel fléau du malheur innocent!...
Je veux la vérité, cette vierge immortelle
Qui réside au sommet de la voûte éternelle!...
Descends donc, Vérité, car je chéris ta loi,
Descends, descends du ciel; ô muse, inspire-moi;
Oui, toi qui du Psalmiste inspiras les cantiques,
Et d'Israël en deuil les harpes prophétiques,
Fais qu'un rayon céleste, empreint dans mes écrits,
Epure mes accents, échauffe mes esprits!...
Aide-moi, Muse sainte, aimable sœur de l'Ange,
O Vierge de Sion!... Mes vers pleins de douleur
Ne te couvriront point d'une sainte rougeur;
Je hais trop du *méchant* l'aveuglement étrange!
Je ne traînerai point ta robe dans la fange,
O pure Vérité, sainte fille du Ciel...
Oui, descends! viens à moi, prête-moi ta lumière!
Épure mon amour : je veux pleurer ma Mère
Aux pieds du *Crucifix*, aux pieds du *saint Autel!...*

Muse, viens au secours du poëte qui pleure,...
Qui, froide comme l'eau, voit s'écouler chaque heure,...
Qui voudrait voir l'*impie*, oui l'*impie* à genoux
Aux pieds de l'Éternel!... Je voudrais voir la ***France***
Non pas sous les carreaux du céleste courroux,
Mais au sein du bonheur, et non dans la souffrance!...

. . . .

Mais ce qui rend heureux, ce n'est point l'*Impiété*,
Ce feu tout infernal qui brûle et qui dévore...
C'est l'*amour du Seigneur*,... la *vertu*,... la *piété*...
C'est cet amour, tout pur comme un rayon d'aurore,
Qui, d'un reflet des cieux colorant tous nos jours,
De notre âme à ***Dieu*** monte et redescend toujours!...
La méchante *Impiété*, c'est la mère du crime
Qui de tous les *fléaux* est le *mot de l'Énigme*...

. . . .

O Grâce! ô pur rayon de Dieu même émané,
Qui rejaillis du *Sang* du ***Bon Verbe incarné***,
Toi qui du libre arbitre assures la puissance,
Toi qui, sans rendre esclave, obtiens l'obéissance,
Oui, Grâce, éclaire-moi!... Sois ma muse aujourd'hui;
J'ai vu un glaive, hélas!... un glaive qui a lui...
Du ***Fléau*** qui nous frappe, oh! dis-nous le mystère!...
Oui, dévoile nos cœurs pour guérir leur misère!...
Je vais dire aux Français, aux Français *malheureux*,
Qu'il faut vivre en chrétien, si l'on veut être heureux!

LE FLÉAU DE LA GUERRE

OU

LE MOT DE L'ÉNIGME

I.

Entendez-vous mugir les affreuses tempêtes?...
Voyez-vous çà et là des feux étincelants?...
C'est le *Nuage noir* qui verse sur nos têtes
Le *Fléau* qu'il couvait dans ses horribles flancs!

. . . .

Hélas! hélas! hier,... hier encor la France,
Dans les biens du présent, ignorait le malheur!...
Dans le calme et la *paix*, au sein de l'opulence,
L'heureuse France, hier, savourait le bonheur!...
Mais voilà qu'à nos yeux, un fantôme déploie
De toutes les horreurs l'appareil menaçant!...
C'est un Ange!... une épée entre ses mains flamboie,
Et son doigt sur la Frances a secoué du sang!...

. . . .

. . . .

Grand Dieu! quel avenir devant moi se déroule!...
Quel affreux tableau s'offre à mes yeux attendris!...

O France ! ô ma patrie! un fleuve de sang coule,...
Et de tous les côtés j'entends d'horribles cris!...
. . . .
. . . .
. . . .

II.

Oh! savez-vous pourquoi sous les coups des tourmentes
D'une mer en courroux les vagues écumantes
Nous roulent tout brisés au rivage sanglant?...
Et pourquoi sur le front du *siècle déicide*,
L'Ange exterminateur, de son glaive homicide,
Laisse en pleurant tomber une goutte de sang?
. . . .
Oh! savez-vous pourquoi les plus horribles phases
Passent devant les yeux de notre humanité?
Oh! savez-vous pourquoi de notre société
S'écroule l'édifice ébranlé dans ses bases;
Et pourquoi le Fléau, de sa verge de fer,
Frappe la France, ainsi qu'un ouragan, la mer?
. . . .
. . . .
. . . .

III.

Impiété!!!... Ce mot est *le mot de l'Enigme!*...
. . . .
Oui, c'est l'*Impiété*, fille et mère du crime,

Qui de l'homme à Dieu monte et retombe en fléaux!...
Qui ferme le trésor des divines largesses,
Et, gloire, honneurs, repos, félicité, richesses,
Mer avide, engloutit, roule tout dans ses flots!...
. . . .

Ah! quand fidèle au Christ, le peuple de la France
Gardait la Loi si douce, adorait la Présence
De Celui dont le Nom resplendit en tout lieu,
Rejetait de son cœur toute haine insensée,
Et ne comprenait pas, dans sa *pieuse* pensée,
La terre sans un culte, et les cieux sans un Dieu!
Alors, Dieu recueillait ses vœux et sa prière,
Sa main séchait les pleurs qui mouillaient sa paupière;
Sa main, sans les compter, lui mesurait ses jours,
S'épandait sur ses toits, de biens toute remplie,
Et lui, semant de fleurs les sentiers de la vie,
Semblait dire : « Aime-moi, je t'aimerai toujours! »
. . . .
. . . .

IV.

Mais le peuple, infidèle à sa sainte croyance,
A ce qui l'a fait grand, sans remords dit adieu,
Et, vivant sans amour, sans foi, sans espérance,
Déchire le contrat qui le liait à Dieu!!!...
. . . .
. . . .
. . . .

Il ne lit plus son Nom au front pur des étoiles,
Quand la nuit sur la terre a déroulé ses voiles;

Il ne palpite plus, ou de crainte ou d'amour,
Quand sa main répand l'ombre ou lui verse le jour !
Il boit à flots impurs l'oubli de sa Loi sainte ;
Il n'aime plus à vivre à l'ombre de sa main !
Il voudrait l'oublier, et, de son doigt divin,
Dans son âme, effacer l'ineffaçable empreinte,
Alors que sur le ver rampant dans les sentiers
Comme au front des soleils qui luisent à ses pieds,
Dans l'innocente voix du juste qui l'implore
Comme dans le cœur noir de ses blasphémateurs,
Dans l'ombre de la nuit, dans les feux de l'aurore,
Dans les parfums du soir qui s'exhalent des fleurs,
Dans les pages du ciel, sur les vagues de l'onde,
Sur l'aile du zéphyr, dans la foudre qui gronde,
Et sur la terre froide, où s'impriment nos pas,
L'hiver, où l'on est riche en blancs tapis de neige,
Et sur les arbrisseaux, qu'aux champs rien ne protége,
Penchant leur front chargé de givre et de frimas,
Et dans les plaines d'or richement embaumées,
Et sur les grappes d'or richement parfumées,
Sur le cristal de l'eau, dans le ruisseau qui fuit,
Partout du Tout-Puissant le Nom se trouve écrit !...

. . . .

. . . .

. . . .

V

Quoi ! mon Dieu ! l'homme ingrat méconnaît votre gloire !
Votre Nom est pourtant écrit dans sa mémoire !
Pour chanter votre Nom, l'homme serait sans voix !...
L'homme refuserait à votre Providence

Louange, amour, respect, quand de votre Puissance
On voit partout le Nom, et qu'à toutes vos lois
La nature obéit !!! . . . .

. . . .

. . . . Seul, seul l'homme blasphème !...
Oui, ô Amour mon Dieu ! divin ruisseau de miel,
Qui découlez sans fin des montagnes du ciel,
Et versez sur la terre avec usure même
Le trésor de vos dons, dans leur variété,
Qui retracent partout votre Divinité,
Soit que notre année soit, ou très-froide ou brûlante,
Jeune encore de jours, ou encore mourante,
Alors que les saisons vous montrent en tout lieu,
Alors que les vallons vous doivent leur parure,
Alors que par ses chants l'admirable nature
Exalte votre Nom, vous bénit, ô mon Dieu !
O vous le Tout-Puissant, sans qui tout est mystère,
O vous le Créateur du ciel et de la terre,
Par qui facilement tout s'explique ici-bas !...

. . . .

L'homme créé par Vous, seul ne vous aime pas !!!...
L'homme seul vous maudit, l'homme seul vous outrage,
Il vous refuse, Amour ! le légitime hommage
Qu'il vous doit, ô mon Dieu ! ô Dieu de charité !...
Vous qui remplissez tout par votre immensité,
Vous qui êtes l'appui de toute âme qui pleure
Et de tout pauvre cœur que la tristesse effleure !...
Il ne vous aime point !... Égaré loin du ciel,
Il vous dédaigne, ô Christ, en voyant votre autel !...

. . . .

Il aime mieux courir aux arbres de Gomorrhe
Cueillir les fruits de mort, convoités des humains;
Il préfère ces biens qu'un faux éclat redore
Et qui s'enfuient du cœur, comme l'eau de nos mains !

. . . .

Oui, le peuple est *impie*, et ce que veut son âme,

Ce n'est pas le bonheur du séjour éternel...
Elle cherche la paix dans le monde mortel,
Au lieu d'aller à Dieu sur ses ailes de flamme !...

. . . .
. . . .
. . . .

VI

Aussi, Dieu nous délaisse, et nous mouillons de pleurs
La terre abandonnée à l'Ange des douleurs ;
Et la pâle Infortune, acharnée à sa proie,
S'attache avide aux flancs du peuple épouvanté,
Tarit dans tous les cœurs les sources de la joie,
Et dans ses bras de fer étreint l'humanité !...

. . . .
. . . .

Ah ! vous qu'on vit tomber sous l'épée ennemie,
Oui, dormez maintenant, victimes de la mort !...
Les vivants sont forcés d'envier votre sort !...
Si l'horrible mitraille a frappé votre vie,
Le terrible fléau, alanguissant nos pas,
Goutte à goutte à nos cœurs épanche le trépas !...
Nous souffrons... et notre âme au bonheur étrangère,
Est triste, gémissante, et se meurt de misère...
Pour nous tout est Calvaire, et rien n'est le Thabor !...
O fleuve de nos jours, où sont tes vagues d'or ?...
Oui, nous avons perdu tout jusqu'à l'espérance !
Sous les coups du fléau, notre pauvre existence
S'effeuille chaque jour, comme on voit dans les champs
Les bluets s'effeuiller sous les doigts des enfants !...
Et pourtant notre étoile était vive et brillante !
Et la route, à nos pieds, s'ouvrait belle et riante !....

Véronique venait pour l'essuyer la face (1)...
O Fils du Dieu vivant, d'épines couronné,
De l'*homme* tu étais, hélas ! abandonné !...

. . . .

« A bas le Christ ! » disait le Penseur en délire,
Qui avec rage aussi criait : « A bas l'Empire !
» Nous voulons, — disait-il. — exténués de faim,
» Tranquilles et heureux, dévorer notre pain...
» Nous voulons le manger... oui, loin du sanctuaire,
» Sur la tombe du Christ, sur la tombe des rois...
» Libres, — ajoutait-il dans sa parole altière, —
» Car vivre nous voulons sans autel et sans lois ! »

XVII

Tu avais satisfait tous les désirs coupables,
Méchant ;... le Christ Jésus dans ton cœur était mort !..
Tu l'avais fait mourir, orgueilleux esprit fort...
Tu vivais sans autel... et tes pieds exécrables
Avaient foulé la croix de ton Libérateur !...
Tu vivais loin du Christ, monstrueux *solidaire*...
Et d'un trône tombé n'étant plus tributaire,
Tu croyais être heureux, maudit blasphémateur,
A toi-même livré, méchant perturbateur !...
. . . .

(1) Je voudrais bien savoir pourquoi de nos jours aux saints offices du dimanche on ne voit plus que des femmes !... Est-ce que par hasard les hommes n'auraient pas une âme ? Nous avons quelques esprits français assez insensés pour avoir découvert que l'Eglise d'autrefois enseignait que les femmes n'en avaient pas. Est-ce qu'on le dirait aujourd'hui des hommes ?

. . . .

Tu dois voir aujourd'hui si l'Impiété est bonne,
Si la libre-pensée engendre le bonheur !...
Tu dois le voir, méchant; car le canon qui tonne...
C'est l'horrible instrument dont se sert le Seigneur
Pour punir tes désirs, pour punir ta conduite !...
Méchant, de ton orgueil vois-tu la triste suite ?...

. . . .

XVIII

Te voilà maintenant dans de mornes déserts,
Toi, dont le sort faisait celui de l'univers !...

. . . .

Oui, *France*, ô ma patrie !... oui, toi que sur la terre
La langue des humains nommait Grande. . ô ma Mère !...
Toi que l'on voyait, même aux jours de tes malheurs,
Du contact de ta gloire illustrer tes vainqueurs !...
Toi qui tenais, au son de ta moindre parole,
Les peuples suspendus, de l'un à l'autre pôle,...
France, dis-moi pourquoi tant de gloire et de bruit
Ne sont plus à présent que douleur et que nuit !...

. . . .

Comme aux pieds de la croix tu reçus la naissance,
Tu fus presque virile aux jours de ton enfance !...
Ce n'est donc pas le fer de l'Allemand vainqueur,

Le fer de l'ennemi qui t'a blessée au cœur !...
France, tu n'avais rien à craindre que toi-même :
Ton écueil devait être en ton orgueil suprême,
Car Dieu a toujours mis pour tout peuple hautain
Une grande misère auprès d'un grand destin.
Quelque brillant sommet que notre orgueil gravisse,
Ce n'est que la hauteur de notre précipice,
Et sur terre joué le drame le plus beau
Sur un cercueil toujours fait tomber le rideau...
Non, mon pauvre pays !... France, ma pauvre mère !...
Ce n'est pas le revers qui cause ta misère !
Ce n'est ni le Français qui te prive de miel,
Ni le dur Allemand qui t'abreuve de fiel !. .
Ce n'est pas la faiblesse ou la fourbe vaillance
Qui te plonge aujourd'hui dans un immense deuil ;
Ni le fort ni le faible, ô malheureuse France !...
Ne t'ont jetée, hélas !... comme dans un cercueil !...
. . . .
Ce n'est ni ambition, ni trahisons infâmes,
Ni pour ta gloire encor un coupable dédain,
Qui te font ressembler à l'*exilé d'Eden*,
Comme lui malheureuse, et donnant à nos âmes
Le plus grand des chagrins, le plus vif des regrets !...
. . . .
O France ! ô ma nation ! ô ma pauvre patrie !...
Ce qui fait ton malheur (1) ! . . . .
. . . .

(1) Le péché rend les peuples misérables. (Prov. 19, 34.)

XIX

. . . . Ah ! c'est l'*Idolâtrie !...*
Ce culte que le peuple avait pour tes guérets,
Ce culte tout païen pour ce qui est poussière !...
Cet amour tout païen qui brûlait tous les cœurs !...
L'ignoble soif de l'or, des mondaines grandeurs !...
C'était l'adoration de l'inerte matière !...
. . . .
C'était de tes enfants, de tes enfants chrétiens,
Infâmes renégats,... ô Mère malheureuse !
L'abandon de la foi, le culte des faux biens !
C'était l'irréligion de l'âme ténébreuse !
C'étaient de tes enfants les sentiments haineux,
Pour tout ce qui est saint, pour ce qui vient des cieux !
. . . .

XXI

Ah ! si répudiant un funeste héritage (1),
Devant la vérité qui sur les flots surnage,
Ton peuple fût tombé, croyant, à deux genoux...
Ah ! si cachant son front dans ses mains repentantes,
Dans les eaux de l'amour, les larmes pénitentes,
Il eût éteint le feu du céleste courroux,

(1) L'héritage de Voltaire dont les libres penseurs et les libres viveurs ont fait leur Dieu !... C'est honteux pour la France que dans la capitale on ait élevé une statue à cet *infâme* que nos esprits forts préfèrent à Jésus-Christ, comme les Juifs qui préférèrent Barrabas à l'Homme-Dieu !

Si chaque jour à Dieu il eût dit : « O mon Père !... »
Dieu n'aurait pas permis ta honte et ta misère,
Dieu t'aurait prodigué les biens de son Amour !...
Mais tout cœur restait froid !... Tu eus ton dernier jour...

. . . .

Ah ! si comme autrefois à l'humble foi soumise,
Fille aînée en tout temps de la Romaine Eglise
Tu te fusses montrée, ô France ! sans malheur
Tu serais aujourd'hui !... T'épargnant la tristesse,
Dieu eût rempli ton cœur de paix et d'allégresse,
Et eût rayé pour toi le nom de la douleur !

. . . .

Heureuse et à l'abri des vengeances divines,
Tu n'éprouverais point des peines intestines...
Tu n'aurais vu ce Roi, dont le front odieux
Porte du fier Satan la flétrissante empreinte,
Et dont les durs guerriers, franchissant ton enceinte,
Ont enchaîné tes fils avec d'horribles nœuds,
Sans plaindre un seul instant leur grande lassitude,
Les entraînant captifs comme de vils troupeaux,
Ayant rivé sur eux l'infâme servitude,
Voulant éterniser et ta honte et tes maux!...

. . . .
. . . .
. . . .
. . . .
. . . .
. . . .

Non, tu n'aurais pas vu, comme des orphelins,
Qui pleurent tout le jour le trépas de leurs pères,
Tes enfants, qui, hélas ! avec leurs pauvres mères
Ne cessant de pleurer, errent sur les chemins,
De leur cœur aux passants en montrant la blessure,
Mendiant, malheureux, leur pauvre nourriture,
Fantômes échappés à la nuit des tombeaux,
Sans asile... sans pain... sans argent... sans repos !...

XXII

Quoi !... des nations, hier tu recevais l'hommage !...
Maintenant en tous lieux, ô France, l'on te fuit !...
Tu vas les yeux baissés,... et sur chaque rivage
L'abandon t'accompagne, et l'opprobre te suit !...
. . . .
. . . .
Crois-le bien ! crois-le bien ! France autrefois si belle !...
Si ton peuple, *croyant*, eût été sans *orgueil*,
Sur ton front radieux d'une gloire immortelle
Dieu n'eût point déroulé les longs voiles du deuil,
Tu n'éprouverais pas ces cruelles souffrances...
Ton âme, comme l'eau des océans immenses,
Ne se répandrait pas, dans ses horribles transes !...
. . . .
. . . .

XXIII

Mais tes enfants étaient sans morale et sans foi !...
Ils flagellaient le Christ, leur Sauveur et leur Père !...
Ils le crucifiaient sur un nouveau calvaire,
Lui qui était leur Dieu, lui qui était leur Roi !...
Lui qui, dans son amour, avait brisé leur chaîne,
Et le premier de tous avait dit liberté ! (1)
En face des tyrans dont il brava la haine

(1) « Où est l'esprit du Seigneur, là est aussi la liberté. » (Saint Paul aux Corinthiens.)

Pour rendre le bonheur à notre humanité!...
Mais le Christ est toujours honni par l'impiété!...

. . . .

Oui, France, ô ma patrie! autrefois si heureuse!...
J'ose le répéter, oui, ce sont tes enfants,
Philosophes, athées, impies, indifférents,
Qui te font aujourd'hui, hélas! si malheureuse!...

. . . .

C'est un *meurtre* commis.... le plus grand des forfaits...
Qui attire sur toi les vengeances divines.... (1)
Qui te fait éprouver ces peines intestines....
Et qui te fait pleurer sous le plus lourd des faix,
Comme Jérusalem la ville déicide,
Qui de tous ses forfaits subit le châtiment,
Par la faim ravagée et le fer homicide,
Par l'horrible fléau, qui fait en ce moment
Ton supplice, ô Babel!... Moderne Babylone (2),
Toi qui frappais le Christ lié à la colonne,
A l'exemple des Juifs, le fer de l'ange a lui!...
Non, non, ne t'en prends pas à d'autres qu'à toi-même,
C'est ton orgueil, méchant, l'orgueil de ton blasphème,
Qui te fait chanceler et tomber aujourd'hui,
Infâme Goliath, orgueilleux téméraire!...
Toi qui voulais, géant, combattre contre *Lui*...

(1) On doit savoir qu'en France, dans ces derniers temps surtout, l'exécrable impiété de nos esprits-forts montait chaque jour de l'homme à Dieu, comme des flèches que les méchants lançaient contre le Cœur du Christ, et qui maintenant retombent en fléaux sur nous avec le sang du Juste que la terre a bu et qui crie vengeance comme le sang d'Abel contre Caïn, ou plutôt comme le sang de l'innocente victime du Calvaire, qui est retombé sur toute la nation déicide, pour punir le plus énorme de tous les crimes, le meurtre de Jésus-Christ, crime jusqu'alors inouï, qui aussi a donné lieu à une vengeance dont le monde n'avait jamais vu d'exemple. — On doit connaître le siége de Jérusalem.

(2) L'infâme Paris.

Le Christ t'a fait coucher comme dans un suaire...
Te voilà maintenant dans une affreuse nuit!...

. . . .

. . . .

Oui, le *meurtre* du Christ... voilà l'horrible crime
Qui de tous nos malheurs est le mot de l'Enigme!...

. . . .

. . . .

. . . .

XXIV.

Oh! Peuple, que Dieu fit l'élu des nations,
Aveugle, rouvre donc tes yeux à la lumière!...
Sur ton front par tes pleurs, ton deuil et la prière
Appelle du Très-Haut les bénédictions!...
Oui, pleure amèrement ton aveugle délire...
Réveille-toi soudain de ta profonde nuit!...
Oui, invoque Celui qui blesse et qui guérit!...
Le Christ te donnera un céleste sourire,
Le Christ consolera ton misérable cœur
En te disant ces mots d'ineffable douceur :
« Tu t'es tourné vers moi du fond de tes alarmes,
» Me voici, mon enfant, je viens sécher tes larmes! »

. . . .

Non, la foi n'est pas morte, elle ne meurt jamais!...
Des combats qu'on lui livre, elle achète sa paix;
Du tombeau qu'on lui creuse, elle sort immortelle!
Elle puise la vie aux sources de la mort;
Et dominant les flots, s'avance vers le port,
Radieuse des feux d'une gloire éternelle!...
En face de *satan*, recule donc d'effroi...
Regarde vers le Ciel, et retrouve ta foi!...

. . . .

Oui, peuple, qui, rouvrant tes voiles incertaines
Aux vents qui te livraient à la merci des flots,
Errais sur l'océan des misères humaines,
Sans trouver, malheureux, une île de repos...
Aux clartés du Seigneur entr'ouvre ta paupière,
Et ravivé aux feux de la douce lumière
Qui brille à tes regards de tous les points des cieux,
Oui, laisse les sentiers, les sentiers malheureux,
Où s'égaraient tes pas, où languissait ta vie,
Triste comme un remords ou comme l'agonie!...
Oh! peuple, chasse donc tes préjugés haineux!...
Vers le Christ délaissé tourne aujourd'hui les yeux...

. . . .

Reviens à Dieu... Sa main miséricordieuse,
Dans son amour, jamais n'a brisé le roseau
Très-humblement courbé par la pluie orageuse,
De même que son souffle épargne le flambeau
Qui s'éteint sur le soir, mais lequel fume encore!..
Il écoute la voix de celui qui l'implore,
Au repentir en pleurs il ouvre aussi les cieux,
Du pécheur pénitent il dissipe l'alarme,
Et souvent un soupir, la plus petite larme
Efface un grand péché, un forfait à ses yeux!...

. . . .

Revenez, revenez, ô Français catholiques!...
Inondez, citadins, vos vieilles basiliques,
Et vous, hommes des champs, égarés loin du ciel,
Pour reposer vos pieds, venez tous à l'autel!...
Non, l'erreur n'eut jamais de racine immortelle,
Comme la vérité toujours vieille et nouvelle!...
Venez donc tous en foule abjurer l'Impiété!...
Oui, venez tous, Français, chacun dans votre église,
Désaltérer votre âme à l'humble foi soumise,
Aux eaux de la justice et de la vérité!...

. . . .

. . . .

Oui, peuple, ouvre ton âme à ma parole amie!...
Réfléchis que le Christ un jour paya ta vie
Du prix de tout son sang, du prix de ses douleurs !...
Alors, tu l'aimeras; et relevant la tête,
Tu marcheras, raidi par la dure tempête,
A l'encontre des maux et de tous les malheurs,
Que tu répareras par ta sage conduite...
Car de ton impiété ils n'étaient que la suite !...

. . . .

Oui, peuple, écoute-moi : reviens, reviens à Dieu !
Pour retrouver la vie, oui, reviens au saint lieu,
C'est là que de *Jésus* la parole féconde
Qui de son noir tombeau peut ranimer le monde,
Le monde mort, hélas! par oubli de la foi,
Seule encor peut, au bord du reduit funéraire,
Dire au cadavre infect : « Écarte ton suaire!
» Au nom du Tout-Puissant, Lazare, lève-toi ! »

. . . .

Oui, peuple, lève-toi!... Tes grands pas précipite,
Pour que les jours divins nous arrivent plus vite !
Car, hélas! nous souffrons... notre état est pareil
A ces champs entr'ouverts de crevasses avides
Qui demandent l'ondée et des souffles humides,
Desséchés et brûlés par les feux du soleil;
Ou à ces champs encor dont la pauvre semence
Torturée avec nous par un froid très-intense,
Qui avec l'*invasion* sévit contre la France,
Pour subsister demande un temps moins rigoureux,
Et non ce rude hiver où la forte gelée
Tient le pauvre froment, captif bien malheureux,
Sous le cristal de l'eau, dans un sillon fangeux
Qui n'est plus à présent qu'une terre pelée!...
Oh! ne nous laisse plus, tant pour toi que pour nous,
Gémir sous les carreaux du céleste courroux !...

. . . .

Comme un champ plein de fleurs admirables et belles,

Peuple, sème tes jours de vertus immortelles ;
Alors, nous verrons tous l'amertume du fiel
S'en aller ; nous n'aurons que la douceur du miel !
Oui, oui, reviens au Christ ; sois sage et débonnaire,
En adorant de Dieu le suprême pouvoir ;
Et tu ne verras plus désormais la misère,
Peuple, comme un raisin foulé sous le pressoir !

. . . .

Jésus seul peut guérir le mal qui nous accable ;
Cesse donc tous tes cris et ta haine coupable !...
Peuple, reviens au Christ ! reviens au Roi des rois,
Dieu l'a dit : « Celui qui n'écoute point ma voix,
» Marche par des sentiers couverts d'une nuit sombre ;
» Mais l'âme qui m'entend et pratique mes lois,
» Des plus épaisses nuits n'a point à craindre l'ombre ;
» Dans les sentiers du bien conduite par ma main,
» Seule, du vrai bonheur elle sait le chemin. »

. . . .

O peuple, entr'ouvre donc ton aveugle paupière !
Aux ombres de la nuit préfère la lumière !
Français, tu goûteras ici-bas le bonheur
En soumettant à Dieu les désirs de ton cœur !

. . . .

Oui, oui, reviens au Christ sur des ailes de flamme ;
A l'amour de Jésus restaure ta pauvre âme ...!
Non, le miel le plus doux n'eut jamais la saveur
Qu'aura pour ton palais le Pain de sa doctrine,
Comme l'eau du rocher n'eut jamais la douceur
De l'eau qui rejaillit de sa Source divine !...

. . . .
. . . .
. . . .

Oh ! peuple, que Dieu fit l'élu des nations,
Ne nous prive donc plus des bénédictions
Du Seigneur Jésus-Christ !... Va-t'en au sanctuaire,
Repentant, à genoux, armé de la prière ..

Aime... adore... et puis meurs, en embrassant l'autel !
Non, ne sois plus impie !... *Aime et sers l'Eternel !...*
. . . .
Sois chrétien... sois fidèle au Pontife infaillible,
Et le Vicaire aimé du Pasteur invisible,
Qui promet à la foi toute l'éternité,
Dans Rome et l'Univers semant la charité,
Sur les flots orageux levant son front paisible,
Te donnera la paix, le calme et le bonheur !...
Sois pieux, catholique... adore le Seigneur !...
Ou crains, si tu poursuis ta fatale carrière,
De combler le trésor des malédictions,
Et de troubler, au bruit d'un seul grain de poussière,
L'abîme, où dort l'esprit des révolutions,
Qui tuant les Etats, changeant les Nations,
Pourrait bien effacer la *France* de la terre (1) !!!
. . . .

A. M. D. G.

(1) *Væ genti peccatrici! Malheur à la nation pécheresse*, a dit le prophète Isaïe... L'histoire du peuple juif est une preuve frappante que Dieu se mêle des choses d'ici-bas, quoi qu'en disent nos philosophes, et qu'il veille sur les nations par les lois immuables de sa sagesse, de son amour et de sa justice, récompensant les peuples ou les châtiant, suivant leur mérite ou leur démérite. Qui pourrait empêcher le Très-Haut dans sa justice de faire un jour disparaitre la France, loin des mondes flottants, dans le vide, dans cet uniforme désert de nuit et de silence où sont allées se perdre pour toujours tant d'autres nations pécheresses, notamment la triste Jérusalem qui a péri parce qu'elle n'a point voulu écouter ces paroles : *Convertis-toi au Seigneur ton Dieu! Jerusalem, Jerusalem, convertere ad Dominum Deum tuum !*

8813. Versailles, imprimerie BEAU, rue de l'Orangerie, 36.

www.ingramcontent.com/pod-product-compliance
Ingram Content Group UK Ltd.
Pitfield, Milton Keynes, MK11 3LW, UK
UKHW020539230726
13925UKWH00006B/2379

9 782019 263621